Côme Noël 2012

L'homme au ciré jaune

Avant de devenir auteur jeunesse à plein temps, **Sylvie de Mathuisieulx** était juriste : c'est dire si le Code pénal et le raisonnement juridique, elle les connaît. Elle s'est beaucoup amusée à cacher des tas d'informations très sérieuses dans les aventures d'Éric.

**Thérèse Bonté** a tout de suite aimé le texte de Sylvie de Mathuisieulx et elle s'est vite mise à la place d'Éric. En le dessinant, elle menait l'enquête, et vivait tout, comme lui!

Responsable de la collection : Anne-Sophie Dreyfus
Direction artistique, création graphique
et réalisation : DOUBLE, Paris

ISBN : 978-2-218-92921-2
ISSN : 2100-2843
www.hatierpoche.com

Loi n° 49956 du 16 juillet 1949 sur les publications destinées à la jeunesse.

Achevé d'imprimer par Clerc s.a.s. à Saint-Amand-Montrond - FRANCE
Dépôt légal : 92921-2/01 - mars 2010.

Énigmatique, mon cher Éric...

# L'homme au ciré jaune

écrit par Sylvie de Mathuisieulx
illustré par Thérèse Bonté

HATIER
POCHE

# Chapitre 1

*Lundi 2 avril, 11 heures*

Aujourd'hui, c'est le début des vacances de printemps, et il pleut depuis samedi.

On ne peut pas sortir, alors, tout à l'heure, j'ai appelé Lucas, pour lui demander s'il voulait venir jouer chez moi cet après-midi. Il m'a répondu qu'il ne pouvait pas, qu'il allait voir sa sœur à l'hôpital. Je ne savais même pas qu'il en avait une, de sœur, alors il m'a tout expliqué.

Elle s'appelle Éline, et elle a eu un accident de vélo, hier soir. Elle a la jambe cassée, et comme elle s'est, en plus, bien cogné le front sur les pavés, le docteur veut la garder encore un peu « en observation ».

Jusqu'ici, rien de bien extraordinaire. Mais la petite voix s'est mise à chanter dans ma tête : « Énigmatique, mon cher Éric » quand mon copain m'a dit que sa sœur refusait catégoriquement de parler des circonstances de son accident. Plusieurs personnes ont essayé de l'interroger, mais impossible d'en tirer quoi que ce soit. Lorsque sa mère lui a demandé si elle avait roulé trop vite ou si elle avait été imprudente, elle a juste murmuré : « Ce n'est pas ma faute, et j'ai plutôt eu du pot. Maintenant, laissez-moi tranquille, je veux me reposer. »

Ça s'est passé vers dix-huit heures, juste devant la poste. Les pavés étaient mouillés et glissants à cause de la pluie. Éline a même failli se faire écraser par une voiture. Heureusement, au dernier moment, le conducteur l'a vue, couchée sur le bord de la route, avec sa bicyclette les roues en l'air. C'est lui qui a appelé les secours.

J'ai demandé à Lucas : «Comment ça se fait, que tu ne m'aies jamais parlé d'Éline ? » Il a hésité avant de me répondre : « Elle est en pension, comme notre grand frère... Ils ne rentrent à la maison que pour les vacances... Tu sais, on ne s'entend pas très bien. Elle a presque treize ans et elle me traite comme un vrai bébé. Elle prend des grands airs, a toujours le nez plongé dans ses bouquins, ne joue jamais avec moi... En plus, tu sais quoi ? Je dirais qu'elle est un peu... oui, un peu étrange, ma frangine. » Je me suis rappelé combien, quand il était arrivé, je l'avais trouvé bizarre, lui aussi ! J'ai souri : ça doit être de famille.

Depuis que j'ai raccroché, la petite voix continue de chantonner. Que cette fille refuse aussi farouchement de raconter ce qui s'était passé, c'est vraiment superlouche.

Voilà pourquoi, aujourd'hui, j'ouvre un nouveau dossier E. Comme toujours, le E veut dire à la fois Éric, Énigme et Enquête. Parce que plus tard, je serai détective, un détective encore plus fort que Patrick (le meilleur commissaire de police du monde, et mon beau-père).

Je dois absolument découvrir ce que cache le silence d'Éline.

DOSSIER
E
4

# Chapitre 2

*15 heures*

Il pleut toujours, ça ne va pas être de la tarte de sortir pour commencer mon enquête sans éveiller les soupçons de Maman. Comme elle est prof au lycée, elle est aussi en vacances, mais je ne l'ai presque pas vue de la journée : ce matin, elle s'est enfermée dans son bureau avec un paquet de copies. Elle avait l'air de mauvaise humeur, à midi : elles ne doivent pas être fameuses, les rédactions de ses élèves! Alors, j'ai préféré ne pas lui parler de l'accident. Déjà qu'en temps normal, elle peste contre les cyclistes qui roulent n'importe comment sur la chaussée...

Après le déjeuner, on a débarrassé la table et Maman m'a permis d'aller sur l'ordi. J'ai discuté avec plusieurs copains. Aurélien était connecté, lui aussi. Je lui ai rapidement raconté les dernières nouvelles et demandé s'il voulait m'aider, pour mon enquête. Mais il n'a même pas répondu et a quitté le site de discussion sans me dire au revoir. Tant pis.

*15 heures 30*

J'ai finalement crié à Maman, à travers la porte, que je sortais pour acheter des cartouches d'encre et que je n'en avais pas pour longtemps. Elle a juste répondu : « Surtout, prends un parapluie et, tant que tu y es, rapporte-moi un carnet de timbres, s'il te plaît. »

Les timbres, hé hé, on les achète à la poste, et c'est précisément là que je veux aller, à la recherche de témoins ou d'indices. Si ça, ce n'est pas un signe du destin, je ne m'appelle plus Éric.

*16 heures 30*

Signe du destin ou pas, j'ai fait chou blanc. Il n'y avait presque personne dehors, et les rares passants se pressaient en évitant de marcher dans les flaques. Je ne me voyais pas les arrêter pour leur demander ce qu'ils savaient de l'accident d'hier soir... Et puis, pendant que je faisais la queue pour acheter les timbres pour Maman, deux vieilles dames devant moi ont commencé à parler d'une collégienne hospitalisée suite à une agression. Mon cœur s'est mis à battre très fort dans ma poitrine. Je me suis rapproché avec des ruses de sioux et j'ai tendu l'oreille, l'air de rien... Mais l'affaire dont elles parlaient s'était passée le mois dernier, dans une autre ville.

Ce qui m'énerve, c'est que si l'accident n'avait pas eu lieu un dimanche à dix-huit heures, alors que le bureau de poste était fermé, j'aurais sûrement eu des tonnes de témoins.

Je suis rentré à la maison, furieux et trempé. J'ai tout de suite appelé chez Lucas, pour prendre des nouvelles, mais il n'y avait personne à la maison. Ils doivent tous être à l'hôpital. J'ai laissé un message demandant qu'il me rappelle.

Tiens, quand je me serai séché les cheveux, je vais me préparer un chocolat chaud, ça me remontera le moral.

*Soir*

Lucas avait l'air soulagé, au téléphone. Maintenant tout va bien : sa sœur pourra rentrer demain matin. Le médecin a juste dit à ses parents qu'elle était encore un peu choquée et qu'il ne fallait pas la bousculer.

nos amis
pour la

# Chapitre 3

*Mardi 3 avril*

Ce matin, il s'est enfin arrêté de pleuvoir, et on est sortis pour faire les courses. Au rayon des fromages, une très belle dame brune s'est soudain approchée de nous et a lancé «Bonjour, Clara!» avant de m'ébouriffer la tête en me disant : «Éric, je présume? Lucas m'a souvent parlé de toi!» Et puis elle s'est retournée vers Maman pour lui raconter ce qui était arrivé à sa fille.

Je me suis soudain senti complètement idiot. J'ai regretté de ne pas avoir parlé de l'accident à Maman. (D'ailleurs, je ne savais pas du tout qu'elle connaissait la mère de Lucas!) Comme j'avais l'impression que mes joues devenaient écarlates, j'ai filé en prétextant que je devais choisir de la confiture pour le petit déjeuner.

Quand Maman m'a rejoint, elle m'a lancé son fameux regard inquisiteur. «Ce n'est pas très poli de t'être sauvé comme ça... Tu n'es pas si timide, d'habitude. Elle t'impressionne, Nathalie?»

N'importe quoi. Personne ne m'impressionne.

Maman a poursuivi, pendant que je déposais la confiture d'églantine dans le Caddie : «Elle est très sympa, vraiment, nous nous sommes rencontrées à la réunion de parents d'élèves, l'autre jour. Elle nous invite à dîner ce soir. Son grand garçon est de sortie, mais tu pourras jouer avec ton copain. Tu es content ? »

Si je suis content ? Ravi, oui ! Je vais pouvoir rencontrer la mystérieuse Éline et me faire une idée plus précise de cette affaire.

À table, à midi, on a parlé des accidents de la route et des cyclistes en général. Maman en a une peur bleue quand elle conduit. À l'entendre, ils font tous n'importe quoi, et elle n'a jamais voulu que j'aille à l'école à bicyclette. Même avec un casque et en restant sur les pistes cyclables ! Au début, je comptais un peu sur mon beau-père pour la faire changer d'avis, mais rien du tout. Il a vu trop d'accidentés pour rester zen quand on aborde le sujet.

Il n'a d'ailleurs pas raté cette belle occasion de me faire la morale au dessert : en ville, sur un vélo, on est très exposé, et bien plus fragile que protégé par la carrosserie d'une voiture. Une fois lancé, impossible de l'arrêter ! Il m'a rappelé la nécessité de connaître les panneaux de signalisation routière et, surtout, de les respecter. J'avais beau lui répéter que je sais qu'il faut s'arrêter au feu orange et tendre la main pour montrer aux autres qu'on veut tourner, il ne m'écoutait pas.

Maman a renchéri qu'elle n'en pouvait plus de tous ces « kékés » qui faisaient les zouaves sur la route en équilibre sur leur roue arrière et qu'il y avait des endroits pour ça. Ils ont tous les deux conclu en maudissant les gens qui mettaient leur vie – et celle des autres – en danger, et ils ont même dit à cette occasion quelques gros mots que moi, je n'aurais pas eu intérêt à prononcer devant eux.

Ils étaient tellement énervés que j'ai préféré les laisser prendre leur café tout seuls.

# Chapitre 4

*Mercredi 4 avril*

C'était génial, hier soir. On est rentrés drôlement tard. J'avais rapporté des cartes Yoga-yo pour jouer avec Lucas (sa mère n'aime pas trop ça, mais elle n'a rien dit) et j'ai enfin rencontré Éline. C'est une jolie fille aux très longs cheveux, blonds foncés, comme ceux de son père. À un moment, Patrick a essayé d'aborder le sujet de son accident, mais elle lui a lancé un regard terrible, en disant que, merci, elle allait très bien et qu'elle n'avait vraiment pas envie de discuter de ça. Elle s'est retournée vers moi pour me demander ce que j'aimais, comme musique, et tout le monde s'est mis à parler de ses chanteurs préférés.

Après le repas, elle est partie dans sa chambre, très digne, avec sa jambe dans le plâtre, et on ne l'a revue que quand elle est venue nous dire au revoir.

Je devais vérifier si Lucas avait d'autres informations à me donner. Il a eu l'air surpris que je m'intéresse tellement à cette histoire : il m'a dit que j'en faisais trop, que je ferais mieux de laisser tomber.

Il n'empêche, mon super-œil de détective a observé sa sœur pendant tout le dîner, et je suis de plus en plus persuadé qu'elle cache quelque chose. Mais quoi ?

*Plus tard*

Je suis passé à la bibliothèque, cet après-midi. Je voulais embrasser Papa, qui travaille là-bas, et j'avais des livres à rendre. Je suis resté un long moment au rayon des romans policiers : Maman m'avait demandé de lui en rapporter un, mais je ne l'ai pas trouvé. J'en ai pris un autre à la place, j'espère qu'il est bon, en tout cas, la couverture est géniale, même si je sais bien que ça ne veut rien dire.

En repartant, j'ai vu Justine. Elle est à l'école avec moi, c'est la meilleure de la classe. Elle m'énerve un peu, parce qu'elle a la grosse tête, cette fille. Elle s'imagine qu'elle est la plus intelligente du monde, ou quelque chose comme ça. Bref. Je ne l'avais pas tout de suite remarquée. Elle me regardait fixement depuis sa table de lecture, en mâchonnant le bout de son stylo.

Je me suis soudain rappelé qu'elle habite juste en face de la poste. Exactement là où l'accident a eu lieu. Comme je n'avais rien à perdre, je suis allé lui demander si elle avait vu quelque chose, dimanche soir. Bingo ! Elle m'a raconté que oui, elle regardait par la fenêtre en se demandant si cette fichue pluie allait finir par s'arrêter quand une cycliste s'est soudain fait bousculer par un type en scooter. La fille est tombée de son vélo, mais le jeune homme était déjà loin. Au moment où Justine a voulu dire à ses parents qu'il y avait peut-être une blessée dans la rue, une voiture est arrivée. Le conducteur s'est arrêté pour s'occuper de la jeune fille. Justine a pensé qu'elle ne pouvait rien faire de plus. Quelques minutes après, elle a entendu une sirène d'ambulance.

Quand je lui ai appris que la cycliste était la sœur de Lucas, elle a fait une drôle de tête. Elle m'a dit que si j'avais besoin de son aide pour mon enquête, je ne devais pas hésiter à l'appeler, et elle m'a laissé son numéro de téléphone.

Quand même, je suis drôlement brillant, comme détective ! Je savais bien qu'il y avait quelque chose d'énigmatique dans cette affaire... Ce type a renversé Éline avant de se sauver comme un voyou ! Dommage que j'aie juste oublié de demander à Justine de me le décrire...

TRESOR
DOSSIER
E

# Chapitre 5

*Jeudi 5 avril, 10 heures*

J'ai passé une partie de la nuit à réfléchir pour trouver comment identifier le coupable, c'est un vrai casse-tête.

Il doit y avoir des centaines de scooters dans la ville.

Je ne connais pas sa marque, ni sa plaque d'immatriculation.

Je n'ai aucune information sur le conducteur, sauf que c'était un jeune homme. Et encore, comme il pleuvait, Justine n'a peut-être pas bien vu.

Puisque l'accident a eu lieu un dimanche, pas moyen de se dire que c'était un trajet habituel, par exemple, entre la maison et le lieu de travail du coupable. Inutile donc de faire le pied de grue devant la poste en espérant qu'il repasse à la même heure.

Ce n'est pas avec ça que je vais pouvoir avancer. La seule chose qu'il me reste à faire, c'est de demander des précisions à Justine.

*11 heures*

Eh bien, Justine, elle avait l'air d'attendre que je lui téléphone pour lui poser des questions. Elle m'a raconté encore une fois toute l'histoire depuis le début, et m'a précisé que le jeune homme portait un ciré jaune.

Un ciré jaune. Un scooter et un ciré jaune. Une bien maigre piste. Enfin, comme depuis hier il a recommencé à pleuvoir, ce ciré se promène certainement dans la ville et, foi d'Éric, je retrouverai celui qui est dedans.

*16 heures*

Je suis passé chez Lucas, tout à l'heure, pour lui apporter un disque que je lui avais promis mardi soir. J'ai été invité à rester un peu. À un moment, alors qu'on était dans sa chambre, on a été drôlement surpris de voir Éline arriver et entrer. Elle s'est assise sur le bord du lit de son

frère, en allongeant sa jambe plâtrée sur le matelas avec une petite grimace, et elle s'est adressée à moi.

Elle m'a dit qu'elle avait entendu raconter (et là, Lucas a toussé et renoué ses lacets) que j'étais un vrai détective, et que j'avais l'air de m'intéresser à son accident. J'ai ouvert la bouche pour lui expliquer, mais elle m'a fait signe de me taire. Elle a poursuivi, avec un drôle de sourire, qu'elle était vraiment touchée, mais que je ferais mieux de m'occuper de mes oignons. En me regardant droit dans les yeux, elle a conclu : « Écoute-moi bien. C'est vrai que quelqu'un m'a fait tomber… Mais si je le dis à mes parents, ça va faire du vilain. Ils vont remuer ciel et terre pour retrouver ce garçon et lui faire sa fête. Et tu sais quoi, Monsieur le détective ? Je préfère ne rien dire, et laisser ce pauvre mec se débrouiller tout seul avec sa conscience… » Ensuite, elle s'est relevée pour sortir de la chambre.

Purée. Quelle fille !

# Chapitre 6

*Vendredi 6 avril*

J'ai passé presque une heure à discuter avec Patrick hier soir. Il a fallu jouer serré pour qu'il ne devine pas mes intentions : je ne voulais surtout pas trahir Éline. J'ai donc raconté que les événements récents m'avaient rappelé qu'on allait bientôt avoir une journée sur la sécurité routière à l'école (en plus, c'est vrai !) et que je voulais la préparer correctement.

Comme d'habitude, il a sorti du tiroir de son bureau son exemplaire du Code pénal. Je le connais bien maintenant ce gros bouquin rouge. C'est lui qui explique tout ce qu'il est interdit de faire, comme tuer ou voler, et comment punir les délinquants, c'est-à-dire ceux qui ont commis une infraction.

Si on blesse quelqu'un, d'ailleurs pas seulement sur la route, et même sans le faire exprès, parce qu'on a eu un comportement dangereux, on se rend coupable de « coups et blessures involontaires ». On risque alors la prison et une amende. Si, en plus, on s'est rendu compte qu'on a causé un accident et qu'on se sauve lâchement parce qu'on a la trouille de ce qui peut arriver, il y a « délit de fuite ». Dans ce cas, la punition est encore plus grave.

NEW

Or, on dirait bien que c'est exactement ce que le type en scooter a fait. (Impossible qu'il ne se soit pas rendu compte qu'Éline était tombée ! )

Donc, je peux l'accuser de coups et blessures involontaires et de délit de fuite, et ce n'est pas joli-joli.

J'ai remercié mon beau-père avant qu'il recommence à me faire la leçon sur les dangers de la circulation, et je me suis précipité dans ma chambre pour prendre tout de suite des notes sur ce que j'avais appris.

Pendant que j'écrivais, je me suis rappelé qu'Éline avait dit qu'elle n'était pas une « balance ». Il y avait là quelque chose qui n'allait pas : je me suis demandé ce que les signes du zodiaque, balance, taureau ou scorpion, pouvaient bien venir faire là-dedans. Au bout d'un moment, je me suis dit que je faisais peut-être fausse route. J'ai regardé dans le gros dictionnaire de Maman, et j'ai bien fait, puisque j'ai appris qu'en argot, on appelle « balance » une personne qui en dénonce une autre.

# Chapitre 7

*18 heures*

Je ne sais plus quoi penser.

Cet après-midi, je suis sorti pour aller voir Aurélien : je n'arrive pas à le joindre par téléphone, et je voulais lui demander s'il était fâché avec moi. J'ai sonné pendant cinq minutes à sa porte, mais il n'y avait personne.

Sur le chemin du retour, rue de la République, j'ai eu un choc. Le photographe arrivait devant sa boutique, en scooter, et vêtu d'un ciré... jaune! Je me suis arrêté pile, j'avais tout à coup du mal à respirer.

J'avais complètement oublié Aurélien. J'ai traversé la rue et je suis entré dans le magasin. Le jeune homme m'a souri et il m'a demandé ce que je voulais. Alors, je me suis lancé. Je lui ai dit que je savais ce qu'il avait fait, et que c'était dégoûtant. Que la pauvre Éline devrait garder son plâtre pendant six semaines. Qu'elle devrait ensuite faire de la rééducation. Que le délit de fuite, en plus, c'était vraiment un truc de gros nul.

Au fur et à mesure que je parlais, il me regardait avec des yeux de plus en plus ronds. Quand j'ai fini, il s'est approché de moi en riant et il m'a dit : « Écoute, gamin, je ne comprends rien à ce que tu me racontes là. Si c'est pour la caméra cachée, dis-le tout de suite, sinon, je pourrais bien me fâcher et je te conseille de sortir d'ici illico presto ! » Je n'ai pas bougé d'un poil. J'ai juste répondu, un peu moins fort : « Vous avez renversé une jeune fille, dimanche soir, avec votre scooter, n'essayez pas de nier, j'ai un témoin. » Il ne rigolait plus, et j'ai dû faire un gros effort pour qu'il ne se rende pas compte que je tremblais comme une feuille.

À ce moment, Zoé, sa petite sœur, qui lui donne souvent un coup de main, est sortie de l'arrière-boutique. En me reconnaissant, elle m'a fait un clin d'œil et a lancé : « Salut, Éric ! C'est toi qui fais tout ce boucan ? Vous jouez à quoi, tous les deux ? » Son frère s'est tourné vers elle, les sourcils en l'air. Elle lui a expliqué fièrement que j'étais un vrai détective, et que j'avais déjà résolu plus d'énigmes qu'Hercule Poirot lui-même. Le jeune homme a eu l'air très étonné. Il a réfléchi un peu, puis il a poussé un soupir et m'a donné une petite tape sur le haut de la tête. « Dimanche soir, j'étais dans l'avion. En provenance du Mexique, où j'ai fait un reportage photo que j'espère vendre à un magazine. Alors, Hercule Poirot, il peut aller se rhabiller. La sortie est par là. »

Juste au moment où je me suis retrouvé, complètement sonné, sur le trottoir, il s'est remis à pleuvoir.

J'étais un peu perplexe : je me demandais tout à coup si Justine m'avait menti. Mais une fille aussi sérieuse n'aurait certainement pas fait une chose pareille, c'est grave, un faux témoignage. Et puis, pourquoi aurait-elle raconté des histoires? J'ai haussé les épaules. De toute façon, le meilleur détective du monde aurait bien su reconnaître un mensonge : il y aurait eu des indices, elle aurait hésité, bafouillé... Je ne serais pas tombé dans le panneau comme un débutant!

MAXOU

# Chapitre 8

*Samedi 7 avril*

Les choses se compliquent : le coupable sait que je le recherche, et il n'a pas l'air content. Je pense que Justine n'a pas tenu sa langue, elle doit avoir raconté partout que je menais une nouvelle enquête. Je lui avais pourtant recommandé d'être discrète.

Aujourd'hui, Patrick et Maman sont partis, comme tous les samedis, pour leur séance de cinéma « en amoureux ». Le téléphone a sonné plusieurs fois pendant qu'ils n'étaient pas là.

La première fois, j'ai décroché sans me méfier. Personne n'a parlé à l'autre bout du fil. J'entendais juste une espèce de respiration un peu étouffée. J'ai répété trois ou quatre fois « allo ? », et puis j'ai raccroché.

Je me suis dit que c'était sûrement quelqu'un de pas très futé qui s'était trompé de numéro. Mais cinq minutes plus tard, ça recommençait. J'ai tout de suite regardé le petit écran du poste, pour voir le numéro de la personne qui appelait, mais il n'y avait qu'une série de points et de tirets dessus. J'ai compté trois sonneries avant de répondre. Au bout d'un moment, quelqu'un a murmuré, en articulant bizarrement : « Tu ferais mieux de laisser tomber ton enquête, Éric ! » J'ai avalé de travers et j'ai reposé le combiné sur son socle tellement brutalement que j'ai failli le casser.

Cinq minutes plus tard, encore une fois la même chose. Là, je n'ai pas bougé jusqu'à ce que le répondeur se déclenche. « Bonjour, vous êtes bien chez Clara, Patrick et Éric, nous sommes absents pour le moment, bla bla bla, biiiiip ! » Le mystérieux correspondant a raccroché sans laisser de message, et puis il n'a plus rappelé. Je suis resté planté là, à regarder le téléphone, pendant un long moment. Je me suis demandé si c'était le photographe, mais ça semblait complètement stupide. Ça ne pouvait pas non plus être Éline.

Justine, alors ? Impossible.

Je ne suis pas un trouillard. Pourtant, je n'en menais pas large. Je suis allé tirer le gros verrou de la porte d'entrée. Pour m'occuper, je me suis ensuite bricolé un petit goûter à la cuisine. J'ai mis un disque qui me donne toujours la pêche, mais au bout de la première chanson, il m'énervait tellement que je l'ai enlevé. Comme le silence était encore plus affreux, j'ai mis le DVD de mon dessin animé préféré.

Heureusement, Maman et Patrick sont très vite rentrés. Ils m'ont trouvé accroupi sur un coin du canapé. En m'embrassant, Maman a murmuré que j'étais un peu pâle, et m'a demandé si j'allais bien. Patrick a dit « Je ne me souvenais pas d'avoir fermé à clef, en partant, j'ai dû le faire machinalement ! » en me regardant droit dans les yeux, avec son air qui voulait dire : « Si tu as un problème, je suis là. » Je n'ai pas soufflé mot, mais si je reçois encore un seul de ces coups de fil anonymes, je jure de tout raconter à mon beau-père.

Je me sens vraiment bizarre, j'ai très envie de changer d'air. Ça tombe bien : demain soir, je pars chez Papa pour y passer la seconde moitié des vacances…

# Chapitre 9

*Dimanche 8 avril*

Je n'aurais jamais cru que cette affaire se finirait comme ça. L'énigmatique énigme est résolue, mais ce coup-ci, pas grâce à moi. Je referme donc ce dossier, moins fier que d'habitude.

Tout à l'heure, Papa est venu me chercher à la maison. Il avait l'air d'excellente humeur, et chantonnait dans la voiture.

Il n'a pas pris le chemin habituel pour aller chez lui, et quand je lui ai demandé pourquoi, il m'a répondu qu'il m'emmenait à la pizzeria pour me présenter quelqu'un. J'ai tout de suite compris : il voulait que je rencontre sa copine institutrice.

Elle était déjà là, elle nous attendait. Elle s'appelle Rose, et elle a fait de gros efforts pour être gentille et me plaire. Pendant tout le début du repas, elle n'a pas arrêté de secouer ses cheveux avec un petit rire et de m'appeler « mon chou ». Papa la dévorait des yeux, drôlement fier, et moi, j'étais un petit peu mal à l'aise, parce que je ne la trouvais pas très sympa.

Tout à coup, la porte de la pizzeria s'est ouverte sur Aurélien et sa mère qui sont entrés. Ils se sont assis au fond de la grande salle. Je crois qu'ils ne nous ont pas vus quand ils sont passés à côté de nous.

À un moment, je me suis levé et je suis descendu au sous-sol pour aller aux toilettes. J'étais en train de me laver les mains quand Aurélien a surgi à côté de moi.

Il m'a regardé avec un drôle d'air, sans rien dire. J'ai tiré un essuie-mains du distributeur et lui ai demandé pourquoi il ne voulait plus me voir. Il s'est appuyé sur le lavabo et il a commencé à parler en me regardant dans le miroir.

Il m'a expliqué que c'était lui qui avait bousculé Éline, sans le faire exprès, la semaine dernière. Il était sur son VTT et devait rentrer, sa mère l'attendait depuis un bon moment et il était en retard. Il a paniqué quand il s'est rendu compte que la fille était tombée, et il a continué de pédaler, encore plus vite. Au bout de deux minutes, il a regretté de s'être sauvé et il a fait demi-tour.

Mais quand il est revenu sur le lieu de l'accident, une voiture était arrêtée sur le bord de la route, et un homme était penché sur la victime. À ce moment, Justine est sortie de chez elle. Elle a couru vers Aurélien pour lui dire qu'elle avait tout vu et qu'il ferait mieux de déguerpir. Aurélien était terrorisé, il croyait que la fille couchée par terre était gravement blessée, mais elle a levé la tête et a regardé dans sa direction. Il a quitté Justine et est alors vite rentré chez lui.

L'homme n'avait pas fait attention à ce qui se passait, il parlait dans son téléphone portable, expliquant où l'ambulance devait se rendre.

Quand le lendemain, sur Internet, je lui ai proposé de m'aider à démasquer celui qui avait fait tomber la sœur de Lucas de son vélo, il a pris peur. Bien sûr, il n'avait jamais vu Éline, il n'avait pas pu la reconnaître. Il est retourné chez Justine, et ils ont ensemble inventé cette histoire de jeune homme, avec un ciré jaune, sur un scooter. Justine a ensuite passé tous les jours à la bibliothèque, espérant bien m'y croiser, pour m'envoyer sur une fausse piste.

J'ai dû m'adosser au mur, j'ai cru que je rêvais.

J'ai réussi à murmurer : « Mais comment as-tu pu me donner ces affreux coups de téléphone, hier, tu es fou ou quoi ? » Il a baissé le nez. « Je croyais que tu avais tout compris quand tu es venu chez moi, vendredi. Je voulais absolument te faire peur pour que tu lâches l'affaire. Pardonne-moi, j'ai été le roi des idiots. »

Je n'ai rien répondu. Le roi des idiots, c'était moi. J'avais cru ce que me racontait Justine, sans comprendre qu'elle était prête à faire n'importe quoi pour protéger son copain.

Je suis retourné à la table, avec Papa et Rose, qui se demandaient ce que je fabriquais au sous-sol. Ma pizza avait un goût de vieux carton bouilli.

Pardon de

Mardi 17 avril

Mon cher Éric

J'espère que tu as bien terminé tes vacances, et que la deuxième semaine a été plus calme pour toi que la première.

J'ai pensé que ça t'intéresserait peut-être de savoir que j'ai reçu, juste avant de retourner à la pension, un petit paquet par la poste. Celui-ci contenait un très joli stylo, avec un billet, qui n'était pas signé, mais qui disait : « Pardon de vous avoir fait du mal, j'espère que vous voudrez bien accepter ce cadeau. Vous ne pouvez pas savoir combien je suis désolé pour tout ce qui s'est passé. »

Tu sais, Éric, à dire vrai, même si je ne voulais pas l'admettre pendant les vacances, je roulais moi-même un peu trop vite, ce soir-là, et pas tout à fait à droite, à cause des flaques.

J'aimerais bien que ce garçon sache que j'ai toujours considéré qu'il s'agissait d'un accident stupide comme le sont tous les accidents. Mais bien sûr, on ne sait pas qui c'est, alors personne ne pourra jamais lui dire que je ne lui en veux plus…
n'est-ce pas ?

Je t'embrasse, on se reverra certainement cet été.

Éline

## LES ÉNIGMES D'ÉRIC

Après avoir résolu ses propres énigmes, Éric t'en propose. À ton tour de te creuser les méninges !

***1***. Combien de gouttes d'eau peut-on mettre dans un verre vide ?

***2***. Je suis un homme. Si le fils d'un autre homme est le père de mon fils, quel est le lien de parenté entre cet autre homme et moi ?

***3***. Demain, ce ne sera plus qu'hier, hier, pourtant, c'était demain…

***4***. On aime mon parfum lorsque je suis en fleur.
Symbole de royauté, je suis aussi couleur.
Un petit prince m'aima et me donna son cœur.
Qui suis-je ?

***Solution*** : ***1***. *Une seule : après, le verre n'est plus vide.* ***2***. *Cet homme est mon père.* ***3***. *Aujourd'hui.* ***4***. *La rose.*

## LE LEXIQUE D'ÉRIC

*Délit de fuite* : celui qui provoque un accident de la route et qui se sauve au lieu de s'arrêter commet un délit de fuite.
*Faux témoignage* : fait, pour un témoin, de mentir en rapportant son témoignage.
*Témoin* : personne qui connaît des événements pouvant être utiles à une enquête, par exemple parce qu'elle les a vu se produire.

## LES HÉROS D'ÉRIC

Les héros d'Éric sont célèbres dans la littérature policière. Il a décidé de t'en présenter dans chaque volume.

Le *commissaire Maigret* de Georges Simenon, célèbre pour sa pipe et son chapeau, est le héros de soixante-quinze romans et vingt-huit nouvelles!
Ses aventures ont été adaptées en films, en séries télévisées et même en BD.